Danke daß du bei mir bist

Kindergebete

Deutsche Bearbeitung von
Eleonore Beck und Doris Hoppler

R. BROCKHAUS VERLAG WUPPERTAL
VERLAG BUTZON & BERCKER KEVELAER

Englische Ausgabe erschienen unter dem
Titel »THE LION BOOK OF CHILDREN'S PRAYERS« bei
Lion Publishing, Berkhamsted, England

Gebete von Mary Batchelor
Fotos von Jean-Luc Ray
Illustrationen von Gillian Gaze

1. Auflage Februar 1978
2. Auflage November 1978
3. Auflage Juli 1979
4. Auflage Juli 1980

Satz: Breklumer Druckerei Manfred Siegel
Druck: Purnell and Sons Ltd. Paulton, England

ISBN 3-417-24561-3 (R. Brockhaus)
ISBN 3-7666-9004-3 (Butzon & Bercker)

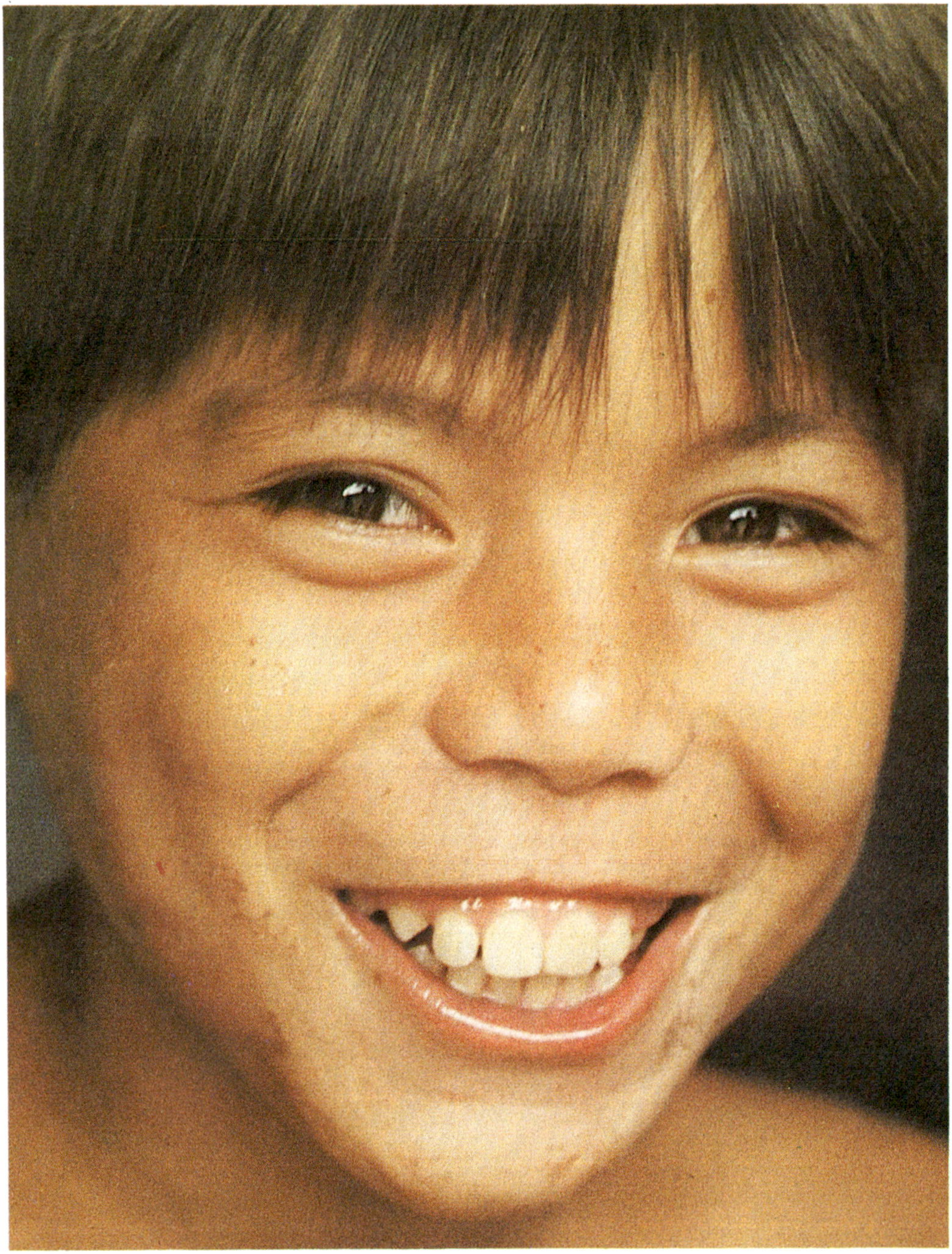

INHALTSVERZEICHNIS

Am Morgen

Die Güte des Herrn ist jeden Morgen neu.
Klagelieder 3,23

Am Morgen begrüße ich meine Eltern, Freunde und Schulkameraden. So will ich auch dich begrüßen: »Guten Morgen, lieber Gott, du bist so groß!«

Wie fröhlich bin ich aufgewacht,
wie hab ich geschlafen so sanft die Nacht!
Hab Dank im Himmel, du Vater mein,
daß du hast wollen bei mir sein!
Behüte mich auch diesen Tag,
daß mir kein Leid geschehen mag!
Volksgut

Lieber Herr Jesus, den heutigen Tag werde ich nur einmal erleben. Hilf mir, daß ich das Beste aus ihm mache, so daß es kein verlorener Tag sein wird.
Stephen Grellet (1773–1855)

All Morgen ist ganz frisch und neu
des Herren Gnad und große Treu;
sie hat kein End den langen Tag,
drauf jeder sich verlassen mag.

Treib aus, o Licht, all Finsternis,
behüt uns, Herr, vor Ärgernis,
vor Blindheit und vor aller Schand
und biet uns Tag und Nacht dein Hand.
Johannes Zwick (vor 1542)

Herr Jesus, ich habe dir gestern abend versprochen,
nicht mehr zu trotzen oder zu streiten.
Ein solches Versprechen drückt mich nicht,
solange ich schlafe.
Aber um deinetwillen will ich versuchen,
es am Tag zu halten.
Ogden Nash

Lieber Gott, da bin ich! Ausgeschlafen, voller Unternehmungslust. Ich freue mich auf den Tag heute. Es gibt immer etwas zu erleben, immer etwas Neues zu entdecken. Sogar auf die Schule freue ich mich und auf die Spiele mit den Kameraden und auf das spannende Buch, das ich heute nachmittag lesen werde. Es gibt doch eine ganze Menge, worauf ich mich freuen kann. Das Leben ist schön. Ich danke dir, mein Gott.

Zu Hause

Jesus ging mit ihnen in das Haus, um bei ihnen zu bleiben.
Lukas 24, 29

Lieber Gott, ich bitte dich, laß die Erwachsenen doch nicht immer alles so schrecklich wichtig nehmen. Dann werden sie auch manchmal zufriedenere Gesichter machen und freundlicher sein. Dann sind sie nicht so gehetzt und haben auch mehr Zeit.

Geborgenheit, Liebe, Frieden, Freude erwarte ich.
Streit, Mißverständnis, Gleichgültigkeit,
Langeweile erlebe ich in meiner Familie.
Das bringt uns durcheinander und auseinander.
Laß uns miteinander Geduld haben
und füreinander Zeit finden.
Schenke uns Offenheit und Phantasie,
Wege zueinander zu finden.
Mißtrauen, Ehrgeiz, Selbstsucht und Kälte halte fern
– laß uns miteinander sprechen.
Vergib uns unsere Schuld –
doch hilf uns, zunächst einander zu vergeben
– laß mich beginnen.

Meine Eltern habe ich lieb.
Ich habe auch Geschwister.
Wir gehören zusammen.
Unser Haus ist für mich
das schönste in der Stadt.
Großer Gott, gib,
daß ich noch lange
mit meinen Eltern und Geschwistern
in diesem Haus lebe.

Meine Eltern haben mich lieb. Mutter hat den Vater lieb. Vater hat die Mutter lieb. Ich bin ihr Kind. Sie geben mir zu essen und zu trinken. Sie schenken mir Kleider. Sie helfen mir. Sie nehmen mich in die Arme. Sie haben mich lieb. Sie lachen, singen und beten mit mir. Lieber Gott, beschütze Vater und Mutter! Ich möchte, daß sie immer bei mir sind.

Deine Welt ist wunderschön

Und Gott sah an alles, was er gemacht hatte; und siehe da, es war sehr gut.
Genesis 1,31

Wer hat die Sonne denn gemacht, den Mond und all die Sterne?
Wer hat den Baum hervorgebracht, die Blumen nah und ferne?
Wer schuf die Tiere groß und klein, wer gab auch mir das Leben?
Das tat der liebe Gott allein, drum will ich Dank ihm geben.

Lieber Vater, ich möchte dir danken
für die wunderbaren Dinge, die du uns geschenkt hast:
für die herrliche Sonne,
für den fruchtbaren Regen,
für die Wälder und Felder,
für das Meer und den Himmel,
für die Blumen und die Vögel
und für alle deine Gaben.
Alles um uns herum erfreut uns.
Auch ich möchte Freude bereiten. Gib mir ein dankbares Herz.

Herr,
ich werfe meine Freude
wie Vögel an den Himmel.
Die Nacht ist verflattert,
und ich freue mich am Licht.
So ein Tag, Herr,
so ein Tag.

Herr,
ich freue mich an der Schöpfung.
Und daß du dahinter bist,
und daneben und davor
und darüber
und in uns.
Gebet aus Afrika

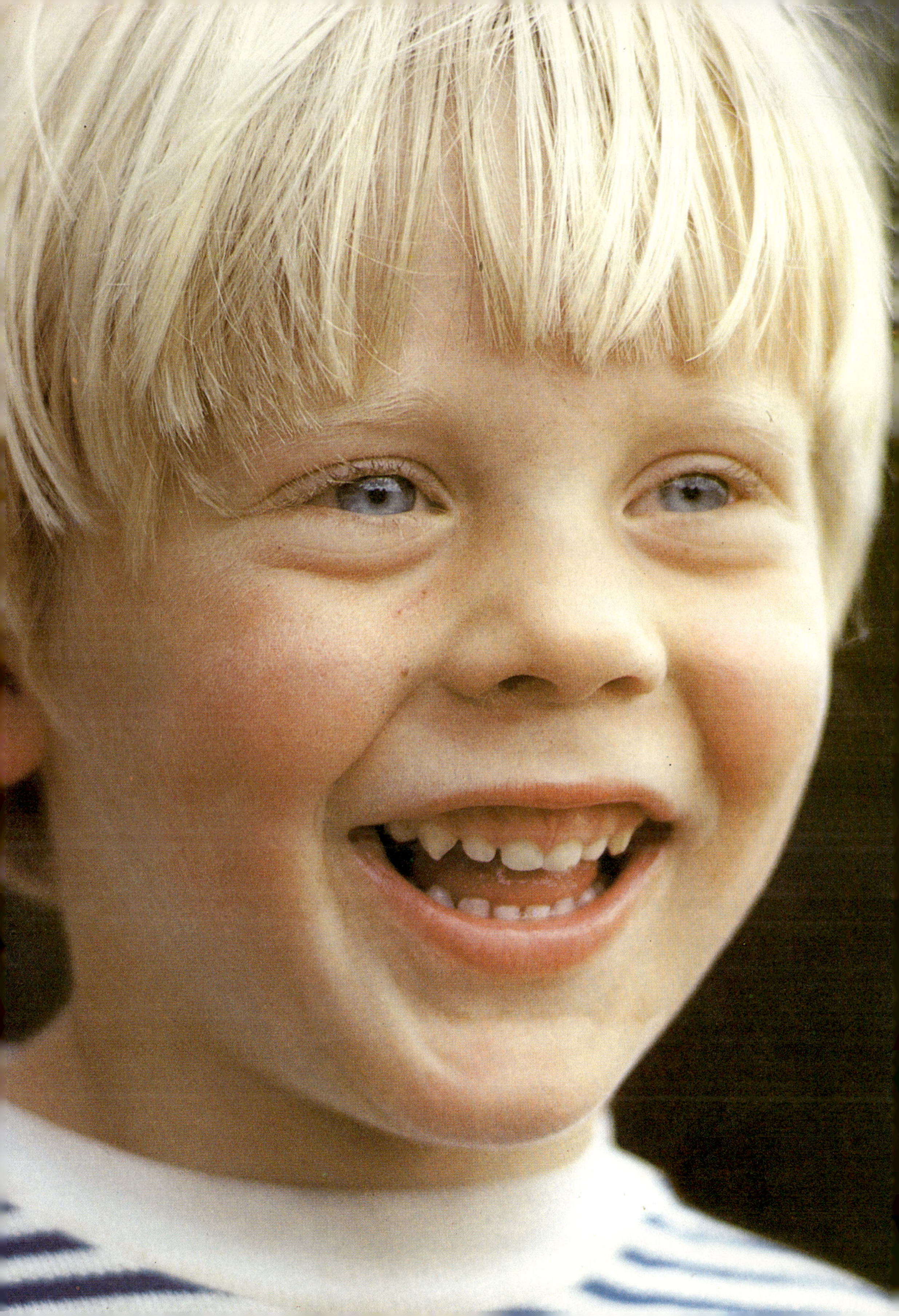

Vergib uns, Gott

Erlaß uns unsere Schulden, wie auch wir sie unseren Schuldnern erlassen.
Mattäus 6,12

Ich denke nach. Manchmal bin ich nicht gut.
Ich werde traurig, denn ich habe nicht immer die Wahrheit gesagt,
ich hatte keine Lust zu helfen, ich habe gestritten,
ich habe nicht an die anderen gedacht.
Ich habe manchmal vergessen, daß Gott mich mag.
Jesus sagt: Gott ist mein Vater. Er mag dich. Er verzeiht dir.

Vater im Himmel, bitte, vergib mir die schlechte Laune
und die bösen Worte, die ich sagte. Vergib, daß ich
unbescheiden war und das Beste für mich wollte.
Vergib, daß ich andere traurig machte.
Vergib mir das alles, himmlischer Vater.

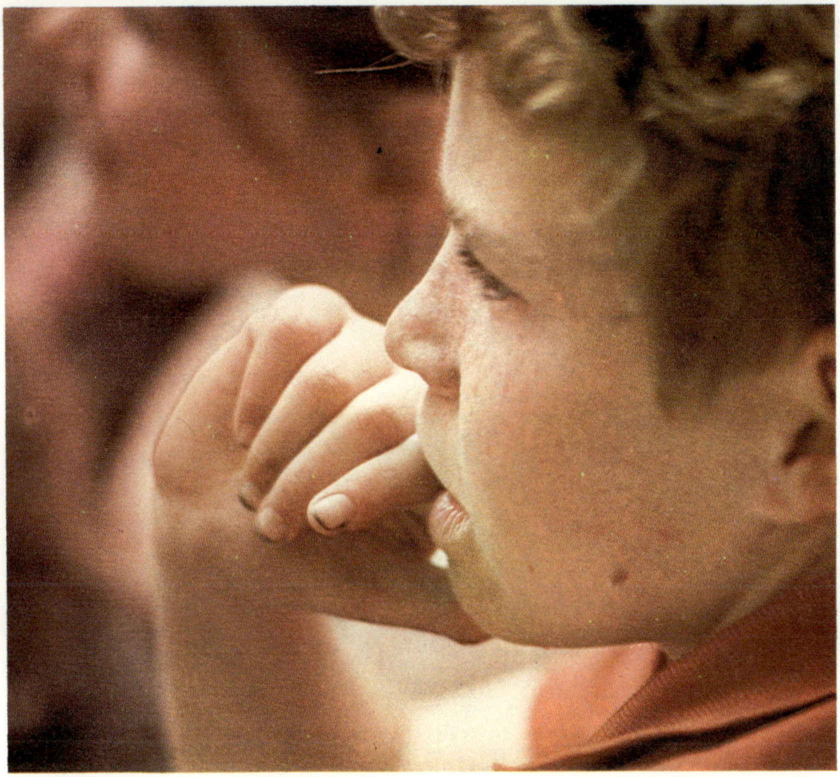

Vergib uns, Herr, unsere Schuld. Verzeih, wenn wir mit den Händen schlagen, statt zu helfen; wenn wir mit Worten verletzen, statt zu trösten; wenn wir den Verstand anstrengen, um den anderen zu ärgern, statt ihm Freude zu machen; wenn wir den anderen auslachen und ihn dadurch entmutigen, statt ihm Mut zu machen. Herr, so werden wir schuldig vor dir und den anderen. Vergib uns unsere Schuld.

Herr, du kennst uns alle: Du kennst die, die nichts haben. Und du kennst die, die alles haben, dicke Wagen, schöne Häuser und viel Geld. Du kennst die, die nicht genug zu essen haben. Und du kennst die, die auf Kosten anderer immer reicher und mächtiger werden. Wir alle sind deine Kinder. Wir alle brauchen dich. Wir brauchen deine Liebe, damit wir uns gegenseitig lieben können. Gib unseren Herzen einen Stoß.

Gebet aus Afrika

Freude an den Tieren

Herr, wie zahlreich sind deine Werke! Mit Weisheit hast du sie alle gemacht, und die Erde ist voll von deinen Geschöpfen.
Psalm 104,24

Alles, was hell und schön ist,
alle großen und kleinen Geschöpfe,
alles, was weise und wunderbar ist,
das alles hat Gott geschaffen.

Du hast mir die Augen gegeben, um zu sehen,
und einen Mund, damit ich davon sprechen kann,
wie groß du bist, der Allmächtige,
und wie schön du alles gemacht hast.

Lieber Vater, ich danke dir für unsere Haustiere: für das verspielte Kätzchen, unseren lustigen Hund und das drollige Häschen. Ich möchte gut zu ihnen sein.

Ich danke dir für die großen Tiere
und auch für die kleinen.
Ich danke dir für alles, was lebt,
und für alles, was du uns schenkst.

Vater, ich danke dir für die Tiere, die uns helfen:
für die Kühe, Schafe und Pferde.
Ich danke dir für die Hunde, die uns beschützen,
besonders auch für alle Hunde, die blinde Menschen führen.
Ich danke dir auch für alle seltenen
und fremdartigen Tiere und für die,
die uns zum Lachen bringen.

Weißt du, wieviel Mücklein spielen
in der heißen Sonnenglut,
wieviel Fischlein auch sich kühlen
in der hellen Wasserflut?
Gott der Herr rief sie mit Namen,
daß sie all ins Leben kamen,
daß sie nun so fröhlich sind.

Freude bereiten

Wohl denen, die leben nach der Weisung des Herrn.
Psalm 119,1

Gott, ich möchte in der Schule aufpassen
und beim Spiel kein Spielverderber sein.
Ich möchte ehrlich sein
und auf meine Eltern hören.
Hilf mir dabei.

Herr Jesus, manchmal verspreche ich dir etwas. Hilf mir, daß ich das Versprechen auch halte.

Lieber Vater im Himmel,
du hast uns die Bibel gegeben, damit wir erfahren,
wie wir leben sollen.
Hilf mir, so zu leben, wie du es möchtest.

Lieber Herr Jesus, hilf mir, meinen Eltern und Lehrern zu vertrauen, auch wenn ich nicht immer gerne tue, was sie von mir erwarten. Ich möchte ihnen keinen Kummer bereiten, denn ich habe sie ja lieb.

Herr Jesus, manchmal bin ich versucht, in der Schule abzuschreiben. Manchmal rutscht mir eine Lüge heraus. Gib mir den Mut, es offen zuzugeben. Verzeih mir, wenn ich Dinge tue, die du nicht magst, und hilf mir, es besser zu machen.

Herr, du kennst mich,
und du hast mich erwählt.
Nimm mich also,
wie ich bin,
und zeige mir,
wie du mich haben willst.
Johann Michael Sailer

Wenn ich traurig bin

Der Herr ist die Kraft meines Lebens. Vor wem sollte mir bangen?
Psalm 27,1

Herr Jesus, viele Menschen sind unglücklich:
die Mutter, die für ihr Kind nichts zu essen hat;
der Vater, der nicht genug Geld für seine Familie verdient;
das Mädchen, das krank im Bett liegt;
der Junge, der Angst hat vor dem Lehrer;
der alte Mann, der allein ist
und den niemand liebhat.
Ich möchte heute
einem Traurigen
Freude machen.

Gott, unsere Oma ist gestorben. Du weißt, daß wir traurig sind und geweint haben. Tröste uns, denn Oma fehlt uns. Wir haben sie so lieb gehabt. Hilf uns, froh darüber zu werden, daß sie nun keine Schmerzen mehr leiden muß, daß sie bei dir ist und nie mehr traurig sein wird. Hab Dank, daß wir eine so liebe Oma hatten.

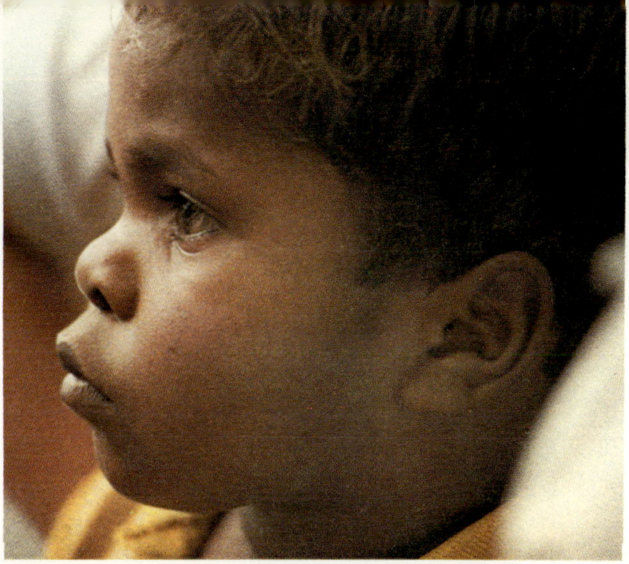

Großer Gott, ich hätte so gern einen richtigen Vater.
Mein Vater kümmert sich nicht um mich,
er hat auch meine Mutter nicht lieb.
Er kommt nie nach uns schauen.
Wir sind ihm lästig, wir sind ihm zuviel.
Warum muß ich ohne Vater sein?
Ich brauche einen Vater,
mit dem ich basteln und spielen und Fische fangen kann,
mit dem ich plaudern darf,
der mich lobt, wenn ich fleißig war.
Mir gefällt es ohne Vater nicht.
Hilf mir, großer Gott, daß wir einen Vater haben,
einen ganz richtigen Vater.

Wenn ich traurig bin und allein –
wer hilft mir dann?
Ich vertraue darauf, daß Gott mir hilft,
er hat es versprochen!

Gott ist bei mir, bei Tag und bei Nacht.
Er beschützt mich vor allem Bösen;
Gott beschützt mein Leben –
jeden Tag neu!
Nach Psalm 121

Alle Länder der Erde

Gott hat die Welt so geliebt, daß er seinen einzigen Sohn hingab, damit jeder, der an ihn glaubt, nicht verlorengeht, sondern das ewige Leben hat.
Johannes 3,16

Herr Jesus, die Politiker haben viele Probleme.
Darum treffen sie sich oft, um miteinander zu reden.
Sei du bei diesen Gesprächen dabei,
und zeige den Staatsmännern,
wie sie Krieg und Hunger verhindern können,
wie sie miteinander statt gegeneinander arbeiten können.

Vater im Himmel, bitte, beschütze alle Kinder
auf der ganzen Welt:
die Indianerkinder,
die Eskimokinder,
die Kinder in Polen,
die Kinder in Afrika,
die Kinder in Rußland,
die Kinder in Frankreich.
Bewahre sie vor Gefahren
auf dem Schulweg und beim Spiel
und hilf ihnen, zu gesunden
und guten Menschen heranzuwachsen.

Gott, wir haben keine Heimat. Wir ziehen von Ort zu Ort und suchen einen Platz, wo wir bleiben können. Gib uns wieder eine Heimat, denn dein ist alle Macht im Himmel und auf Erden.

Gebet eines afrikanischen Häuptlings

Gott, unser Vater, Schöpfer der Welt,
laß uns einander liebhaben.
Laß die Völker friedlich miteinander leben.
Laß uns einander lieben wie Brüder.
Laß uns mithelfen, daß der Friede auf der ganzen Welt
verbreitet wird und die Menschen glücklicher werden.

Gebet aus Japan

Gott sorgt

Seht euch die Vögel an. Sie säen nicht, sie ernten nicht und sammeln keine Vorräte; euer himmlischer Vater ernährt sie. Seid ihr nicht viel mehr wert als sie?
Mattäus 6,26

Gott läßt das Gras wachsen,
die Blumen, die Früchte und die Bäume.
Er läßt Tag und Nacht werden.
Gott sorgt auch für mich.

Du hast kein Fahrrad. Du brauchst kein Flugzeug. Du fährst nicht mit der Eisenbahn. Du hast kein Auto. Und doch bist du überall. Im Bergwerk, wo man Kohle gräbt. In der Luft, wo der Düsenjäger brummt. Auf dem Feld, wo das Korn wächst. Im Zimmer, wo ich schlafe. Im Hof, wo wir Ball spielen. In der Schule und in der Kirche, wo wir dir Lieder singen, überall bist du.

Ich will Gott loben,
solange ich lebe.
Er hat den Himmel,
die Erde und das Meer gemacht.
Er achtet auf die Menschen,
die in Not sind,
und er behütet,
die auf ihn vertrauen.
Nach Psalm 146

Wenn ich mich freue

Jauchzt vor dem Herrn, alle Länder.
Psalm 100,1

Ich will dem Herrn singen,
solange ich lebe,
will meinem Gott spielen,
solange ich da bin.
Psalm 104,33

Meine Seele preist die Größe des Herrn,
und mein Geist jubelt über Gott, meinen Retter.
Denn der Mächtige hat Großes an mir getan,
und sein Name ist heilig.
Lukas 1,46.47.49

Danket dem Herrn,
denn er ist gut.
Ewig währet sein Erbarmen,
alles ruht in seinen Armen.

Seine Macht ist grenzenlos,
seine Lieb unendlich groß.
Lobt den Herrn, dankt dem Herrn!
Lobet den Herrn, denn er ist gut.
Nach Psalm 118, Heinrich Bone

Ich danke dir, Gott, für jeden frohen Tag,
für die Freunde und Kameraden,
für die Schule und das Spielen.
Ich danke dir, daß mein Vater Arbeit hat
und daß es uns gut geht.

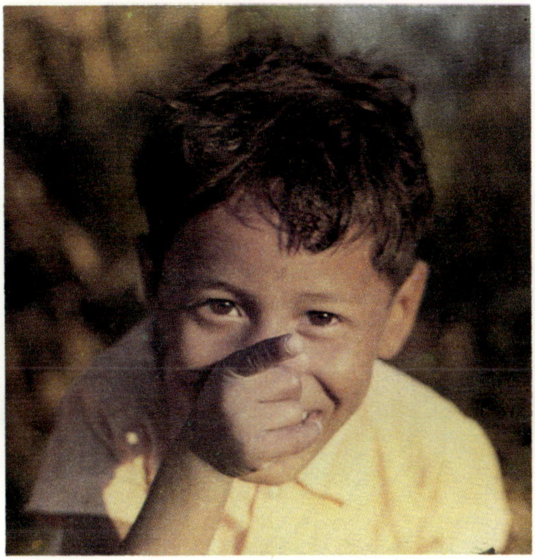

Danke für deine Welt,
für deine Bäume, die Blumen und das Gras, für die Gesundheit, für Arme und Hände, die du geschenkt hast, damit wir Dinge heben, bewegen und befühlen können. Ich danke dir für alle diese guten Gaben, du hast sie geschenkt.

Vati sagt zu Mutti: Liebling. Er gibt ihr einen Kuß, wenn er zur Arbeit geht. Du hast mir einen guten Vati gegeben, lieber Gott Hab Dank!

Wo ich gehe,
wo ich stehe,
ist der liebe Gott bei mir,
wenn ich ihn auch niemals sehe,
weiß ich doch,
Gott ist hier.

Volksgut

Gott, sieh doch auf uns, und sei immer bei uns, damit wir als glückliche Menschen leben können.

Gebet der Amazulus

Unsere Familien

Alles, was atmet, lobe den Herrn.
Psalm 150,6

Gott, segne alle, die ich liebhabe.
Gott, segne alle, die mich liebhaben.
Gott, segne alle, die meine Freunde liebhaben.

Ich danke dir, Gott, daß jeder, der dich liebhat,
zu deiner Familie gehört. Du bist unser Vater,
wir sind deine Kinder. Deine Familie wohnt auf der ganzen Welt.
Ich danke dir für die vielen Schwestern
und Brüder, die du mir schenkst.

Ich danke dir, Gott, für meine Großeltern.
Sie erzählen mir Geschichten und helfen mir viel.
Sie haben Zeit, sich mit mir zu unterhalten
und mit mir spazierenzugehen. Bitte, segne sie.

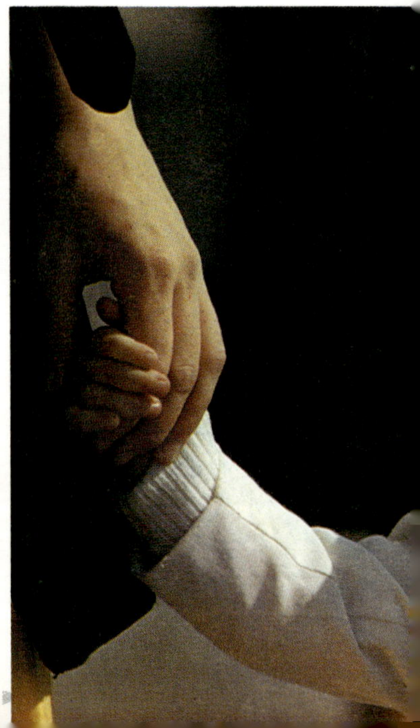

Lieber Vater, gib besonders acht auf die Kinder, deren Mütter und Väter nicht zu Hause sind. Zeige ihnen, daß du sie liebhast und daß du immer bei ihnen bist, um sie zu beschützen und zu trösten.

Herr, wir gehören zusammen, Vater, Mutter, die Geschwister und ich. Wir sind eine Familie, wir haben uns lieb. Trotzdem zanken wir uns manchmal. Dann will ich tun, was ich will, nicht was die anderen möchten.
Hilf uns, darauf zu achten, was den anderen Freude macht. Und wenn wir Streit haben, hilf uns, daß wir rasch wieder gut sind zueinander.

Wir sind eine Familie. Leider hat Vater nur wenig Zeit.
Er muß arbeiten und ist viel unterwegs.
Mutter hat auch viel zu tun. Sie arbeitet im Haus
und sorgt für uns. Wir sind vier Geschwister.
Jeder tut etwas für den anderen. Ich glaube, du freust dich,
wenn wir in der Familie alle zusammenhalten.
Lieber Gott, hilf uns dabei.

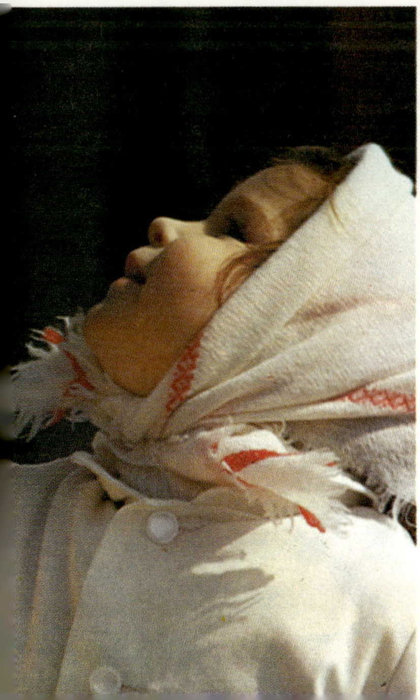

Wenn wir Angst haben

An dem Tag, da ich mich fürchten muß, setze ich auf dich mein Vertrauen.
Psalm 56,4

Herr Jesus, ich habe Angst. Hilf mir.
Ich muß mich nicht fürchten, denn du bist bei mir.
Du bist stärker als jede Gefahr. Du hast mich lieb.
Du wirst mich beschützen. Ich danke dir.

Wenn ich ganz allein bin, die Tür geschlossen und das Licht gelöscht ist, fürchte ich mich. Es ist so dunkel, ich kann nichts sehen, und ich höre so viele Geräusche. Die Geschichten von Hexen und Schießereien und die Neuigkeiten im Fernsehen vermischen sich alle miteinander und machen mir Angst. Ich fürchte mich, und ich brauche dich, Gott.

Lieber Vater, zeige mir, wenn ich mich fürchte, daß du bei mir bist, daß du näher bist als mein Atem und mein klopfendes Herz. Du kennst meine Ängste besser als ich. Laß mich also dir vertrauen, ich will es auch anderen sagen, daß du uns liebst.

Jesus, ich weiß, daß du mich sehr liebst
und daß du immer bei mir bist.
Darum kann ich auch mit dir über meine Angst sprechen.
Du verstehst alles und lachst nicht über mich.
Gib mir bitte Mut, laß mich tapfer sein,
nicht nur diese Nacht – sondern morgen auch.

Ich werfe meine Sorgen
auf dich und glaube fest,
daß du mich heut und morgen
und ewig nicht verläßt.

Du bist bei mir, wenn es dunkel ist. Du bist bei mir, wenn es blitzt und donnert. Du bist bei mir, wenn ich mich vor einem Hund fürchte. Du bist bei mir, wenn ich Kindern begegne, die größer und stärker sind als ich. Du bist bei mir, wenn ich krank bin und wenn der Arzt kommt. Hilf mir, immer an dich zu denken. Dann brauche ich keine Angst mehr zu haben.

Herr, lehre mich

Herr, zeige mir deine Wege, fuhre mich
in deiner Treue, und lehre mich!
Psalm 24,4–5

Gott, öffne meine Augen,
damit ich
die schönen Dinge sehe.
Gott, zeige mir, was wahr ist.
Laß mich nur das lieben,
was gut ist.

O ewiges Wort, eingeborener Sohn Gottes,
lehre mich die wahre Großmut. Lehre mich dir dienen,
wie du es verdienst: geben, ohne zu zählen;
kämpfen, ohne der Wunden zu achten; arbeiten, ohne Ruhe
zu suchen; zu opfern mich, ohne andern Lohn als das
Bewußtsein, deinen heiligen Willen erfüllt zu haben.
Ignatius von Loyola (1491–1556)

Wenn ich bete, spreche ich mit Gott. Wenn ich höre, spricht Gott zu mir. Ich bin dann in seiner Gegenwart. Er ist mir nahe.

Herr Jesus, ich möchte heute das tun, was du willst.
Ich möchte das sagen, was du willst.
Ich möchte das denken, was du willst.
Ich möchte dir dienen.
Fülle mein Herz mit Liebe zu dir.

Gott, mache uns zu Menschen, die Ruhe ausstrahlen
und Frieden verbreiten.
Gebet aus dem 1. Jahrhundert von St. Clemens

Gott, verfüge du über meinen Kopf und mein Denken.
Gott, leite du meine Augen und meine Blicke.
Gott, öffne du meinen Mund, und gib mir deine Worte.
Gott, wohne du in meinem Herzen und in meinen Gedanken.
Gott, sei bei mir in meiner Krankheit und im Sterben.

Aus dem Stundenbuch (1514)

Herr, mache mein Herz ganz still,
wenn ich mit dir spreche.
Laß mich an dich denken, damit ich höre,
wenn du zu mir sprichst.

Unsere Freunde

Der Freund erweist zu jeder Zeit Liebe, als Bruder für die Not ist er geboren.
Sprüche 17,17

Gott, ich danke dir, daß du mir eine Freundin geschenkt hast. Hilf mir, bei unserer Freundschaft nicht nur an mich zu denken, sondern auch an Gabi. Denn auch sie will ja eine Freundin haben, nicht jemanden, der nur den eigenen Vorteil sucht. Gott, laß diese Freundschaft halten! Ich will alles tun, daß Gabi sich auf mich verlassen kann. Ich will mich für meine Freundin einsetzen, auch gegen Angriffe anderer. Laß uns über unserer Freundschaft aber nicht die anderen vergessen.

Herr Jesus, du möchtest, daß wir alle wie Freunde miteinander leben: Wir sollen unsere Unterschiede miteinander tragen und uns gegenseitig helfen. Bitte, lehre uns, friedlich zu sein. Lehre uns, geduldig mit den Menschen zu sein, die langsamer sind als wir, und freundlich zu denen, die schüchtern sind.

Ich danke dir, Gott, daß ich Freunde habe. Ich danke dir für den Spaß, die Spiele und die Feste. Ich danke dir für meinen besten Freund. Hilf mir, ein guter Freund zu sein und meine Versprechen zu halten. Hilf mir auch, denen ein Freund zu sein, die ich nicht so gerne mag – denn du liebst uns alle.

Jesus, als du hier auf der Erde warst, hattest du auch Freunde, die du besonders liebhattest. Du weißt, wie schön es ist, mit ihnen zusammen zu sein. Du weißt auch, wie weh es tut, wenn sie einen verlassen. Gib du auf meine Freunde acht, und hilf mir, ihnen ein guter Freund zu sein.

O Herr, ich danke dir
für deine Treue hier,
denn auch in Schwierigkeiten
willst du mich begleiten.

Wir helfen einander

Einer trage des anderen Last.
Galaterbrief 6,2

Ich danke dir, mein Gott, daß ich eine liebe Mutter und einen lieben Vater habe. Ich danke dir, daß ich alles habe, was ich brauche. Ich danke dir für meinen Lehrer, der sich viel Mühe gibt, daß ich etwas lerne.

Herr, mach mich zum Werkzeug deines Friedens:
daß ich Liebe bringe, wo Haß ist;
daß ich verzeihe, wo Schuld ist;
daß ich Frieden bringe, wo Streit und Uneinigkeit sind;
daß ich Glauben bringe, wo man an Gott zweifelt;
daß ich die Wahrheit bringe, wo Lüge und Irrtum herrschen;
daß ich Hoffnung bringe, wo jemand nicht mehr weiter weiß;
daß ich Freude bringe, wo jemand traurig ist.

Franz von Assisi (1182–1226) zugeschrieben

Christus hat keine Hände, nur unsere Hände, um seine Arbeit zu tun. Er hat keine Füße, nur unsere Füße, um Menschen auf seinen Weg zu führen. Christus hat keine Lippen, nur unsere Lippen, um Menschen von ihm zu erzählen. Er hat keine Hilfe, nur unsere Hilfe, um Menschen an seine Seite zu bringen.

Gebet aus dem 14. Jahrhundert

Kleiner Mund, was kannst du tun für den großen Herrn?
Lieder singen ihm zum Preis, sagen, was ich von ihm weiß.
Ja, das tu ich gern.
Kleiner Fuß, was kannst du tun für den großen Herrn?
Ach, ich brauche nicht zu ruhn, viele Gänge kann ich tun.
Ja, das tu ich gern.

Sommerferien und Urlaub

Von seiner Herrlichkeit ist die ganze Erde erfüllt.
Jesaja 6, 6

Lieber Gott, ich danke dir, daß ich Ferien habe. Ich danke dir für den Sonnenschein, die frische Luft, das schöne Land und das Meer. Ich danke dir, daß ich die Ferien nicht zu Hause verbringen muß und daß ich andere Menschen kennenlernen kann.

Wir bleiben zu Hause. Lieber Gott, wenn man das hört, könnte man wirklich neidisch werden. Es ist nicht schön, wenn die anderen immer besser dran sind. Manchmal habe ich es richtig satt!

Ich danke dir, Vater, daß wir soviel Spaß beim Spielen am Strand haben. Ich danke dir für die Steine und Felsen, die Muscheln und den Sand. Ich danke dir für das blaue Meer und daß wir im Wasser herumtollen können.

Ich danke dir, Herr Jesus, daß du heute auf unserem Ausflug bei uns bist. Bitte, schenke uns einen frohen Tag. Behüte uns, und laß uns neue und interessante Dinge entdecken.

Gott, sei mit den Menschen, die keine frohen Ferien haben, die niemals das Meer gesehen oder im Freien gespielt haben. Zeige mir Möglichkeiten, auch sie froher zu machen oder etwas mit ihnen zu teilen. Hilf mir, es gerne zu tun.

Die Sommerferien sind vorbei.
Wir haben soviel Spaß gehabt
und viel Neues kennengelernt.
Auf unseren Reisen
hast du uns bewahrt,
du treuer Gott.
Dafür möchte ich dir
von ganzem Herzen danken.

Wenn ich krank bin

Auf dem Krankenbett wird der Herr ihn stärken.
Psalm 41,4

Vater, ich bin krank.
Bitte, mache mich wieder gesund.
Hilf mir, geduldig zu sein
und dankbar gegenüber all denen,
die mich pflegen.
Danke, daß du bei mir bist.

Du bist wunderbar, Gott, weil du jeden von uns so sehr liebhast. Es gefällt mir nicht, daß ich im Bett bleiben muß. Aber wenn ich mit dir spreche, weiß ich, daß du mich liebhast, und das ist großartig. Manche Kinder müssen immer liegen und kommen nie heraus, um Freunde kennenzulernen. Hab auch sie lieb und hilf ihnen. Es fällt mir manchmal schwer, jeden liebzuhaben. Ich kann es nicht, aber du kannst es schaffen. Sicherlich sollte ich es versuchen. Hilf mir dabei, während ich krank bin und soviel Zeit habe.

Warum haben die Kinder, die nichts zu essen haben,
einen so dicken Bauch und so große Augen?
Warum hat Thomas ein zu kurzes Bein?
Warum hat Sabine keinen Vater?
Wo sind wir, wenn wir gestorben sind?
Du weißt es, lieber Gott. Du sagst es mir einmal, nicht?

Guter Vater im Himmel, ich danke dir für die Ärzte und Schwestern, die sich überall um die Kranken kümmern. Ich danke dir, daß du sie so klug gemacht hast, damit sie wissen, wie sie uns helfen können.

Jesus, sorge du für die Kranken. Gib den müden Menschen Ruhe. Segne die Sterbenden. Mildere den Schmerz der Leidenden. Tröste die Trauernden. Beschütze die Fröhlichen.

Augustinus (354–430)

Unterwegs

Der Herr behüte dich, wenn du fortgehst und wiederkommst.
Psalm 121,8

Gott, Reisen macht so viel Spaß. Ich danke dir
für Flugzeuge und Helikopter, für Dampfer und Yachten,
für Raketenflugzeuge und Rolltreppen, für Autos und Züge,
für Motorräder und Lastwagen. Wache du über allen,
die heute unterwegs sind, daß sie vorsichtig fahren,
aufeinander achten und gesund nach Hause zurückkehren.

Lieber Vater im Himmel, du kümmerst dich um uns alle.
Bitte, beschütze alle Menschen, die heute auf den Straßen sind:
die Fahrer von Bussen, Autos und Lastwagen.
Beschütze die Radler und Motorradfahrer.
Sei mit den Fußgängern, die belebte Straßen überqueren müssen.
Hilf ihnen, auf den Straßen aufzupassen, und hilf auch uns,
achtzugeben, wenn wir die Straßen überqueren.

Ich bin allein. Keiner außer dir, mein Gott,
begleitet mich auf meinem Weg.
Was soll ich fürchten, wenn du bei mir bist,
der Tag und Nacht geschaffen hat?
Wenn du mich beschützt, bin ich sicherer,
als wenn ein ganzes Heer mich beschützte.
Columbus (521–597)

Dampfer sind auf weiter Fahrt. Züge legen täglich große Strecken zurück. Menschen reisen in Bussen, Autos und Flugzeugen. Bewahre du sie auf ihrer Reise, und lasse sie wieder gesund heimkommen. Ich bitte dich darum.

Segne alle, denen ich heute begegnen werde, und gib, daß wir uns gegenseitig helfen.

Heiße und kalte Tage

Solange die Erdentage dauern, sollen nicht aufhören
Kälte und Hitze, Tag und Nacht.
Genesis 8,22

Preist den Herrn, Frost und Hitze,
lobt und rühmt ihn in Ewigkeit!
Daniel 3,67

Himmlischer Vater, ich danke dir für den herrlichen Winter:
für den Schnee und Wind und den klirrenden Frost;
für die gemütliche Wärme und die Spiele im Haus;
für die warmen Kleider und die geheizten Häuser.
Dafür danke ich dir, lieber Vater.

Lieber Vater, du hast die Erde geschaffen. Du hast sie gesegnet, Sommer und Winter, Tag und Nacht. Im Winter können wir Eislaufen, Schlittenfahren, Skilaufen oder Schneeballschlachten veranstalten. Und das alles, ohne zu frieren, weil wir warme Kleider haben. Ich danke dir, daß wir uns über den Winter freuen können.

Der Wind bläst, es friert,
und der Schnee fällt, wann du es willst.
Es ist windstill, es taut,
und der Schnee schmilzt, wann du es willst.

Lieber Vater, ich danke dir,
daß wir uns an so vielen Dingen im Sommer freuen können: an den warmen Tagen und der milden Luft, an den grünen Bäumen und den blühenden Blumen. Hilf uns, daran zu denken, daß alle schönen Dinge von dir kommen.

Lieber Vater im Himmel, du hast den Sommer gemacht. Ich danke dir für die warmen und sonnigen Tage, für die Sommerkleider, für die Spiele im Freien und all die schönen Dinge, die der Sommer bringt.

Ich danke dir für den Schnee,
der so schön in der Sonne glitzert.
Du kennst all die Menschen,
die den Schnee nicht sehen können,
weil sie krank oder blind sind.
Segne du sie.

Zeit zum Spielen

Alles hat seine Stunde. Für jedes Geschehen unter dem Himmel
gibt es eine bestimmte Zeit.
Kohelet 3,1

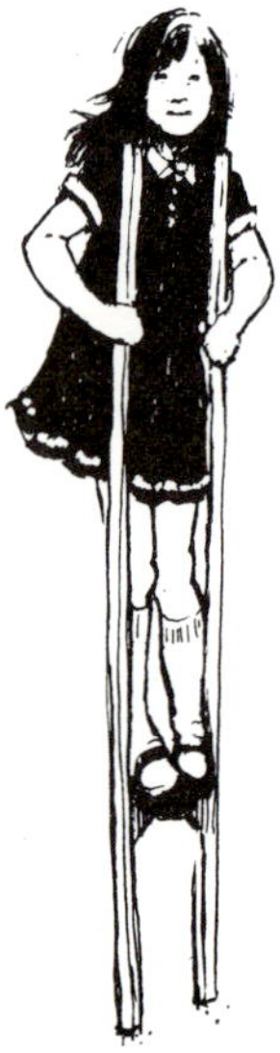

Lieber Gott, ich danke dir für unsere Spielsachen:
für die großen und die kleinen,
für die alten und die neuen,
für die Sachen, mit denen wir tagsüber spielen,
und für die Puppen, die wir ins Bett nehmen.
Hilf mir, daß ich bereit bin, meine Spielsachen mit
anderen Kindern zu teilen und daß ich »danke« sage,
wenn ich etwas geschenkt bekomme.

Lieber Herr Jesus, ich danke dir für die Bücher:
für die traurigen und heiteren Geschichten;
für die Bilderbücher
und die Erzählbücher.
Danke für die Menschen, die sie schreiben.

Gib mir jeden Tag Zeit zum Beten, Zeit zum Helfen
und zum Lieben, Zeit zum Lernen und zum Spielen,
Zeit zum Nichtstun und zum Stillsein.

Lieber Vater, laß mich heute kein Spielverderber sein. Hilf mir, freundlich zu sein und andere mitspielen zu lassen.

Ich sehe gern fern, besonders die Abenteuerfilme.
Hab Dank für all die Menschen, die gute Programme machen,
für die Schauspieler und Produzenten,
für die Kameramänner und Techniker
und für alle, die die Geschichten
und die Musik dazu schreiben.

Vater, du hast diese Welt gemacht.
Auch den Sonntag, die Ferien, die Freiheit
und die frische Luft.
Sei bei allem, was ich heute tue,
zu Hause, draußen, mit meinen Freunden.
Hilf mir, daß ich mich über alles freue,
das du für mich gemacht hast.

Danke, Herr Jesus, für die Musik,
die du uns gegeben hast. Danke, daß wir
in der Schule Lieder lernen und in
unserer Freizeit singen und pfeifen können.
Danke, daß wir dich auch mit
Liedern loben können.

Das Licht

Gott ist Licht, und Finsternis gibt es nicht in ihm.
1. Johannesbrief 1,5

Herr Jesus, du bist das Licht.
Vertreibe alle Dunkelheit aus meinem Herzen,
und mache mein Herz hell und fröhlich.

Lobt Gott, Sonne und Mond!
Lobt ihn, all ihr leuchtenden Sterne!
Psalm 148,3

O du großer Häuptling, zünde eine Kerze in meinem Herzen an, damit ich sehen kann, was darin ist, und kehre den Dreck aus deiner Wohnung.
Gebet eines afrikanischen Mädchens

Vater im Himmel, du hast das Licht gemacht.
Ich danke dir, daß du uns für den Tag die Sonne
und für die Nacht den Mond und die Sterne
gegeben hast.

Danke, Herr, für meine Augen.
Danke für die schöne Welt.
Danke, daß ich sehen kann.
Hilf denen, die nicht sehen können.
Hilf mir, daran zu denken, was die Blinden brauchen.
Hilf mir, daran zu denken,
daß blinde Menschen normale Menschen sind,
nur daß sie nicht sehen können.
Danke, Herr, für meine Augen.

CP–D

Lieben und geben

Wenn Gott uns so geliebt hat, müssen auch wir einander lieben.
1. Johannesbrief 4,19

Alle Geschöpfe, die auf dieser Erde leben,
lieben und loben dich.

Vater im Himmel, ich danke dir, daß mich so viele Menschen lieben. Ich danke dir besonders, daß du mich so sehr liebst. Hilf mir, dich auch zu lieben. Ich möchte anderen Menschen zeigen, daß ich sie liebe, indem ich ihnen helfe. Gott, hilf mir dabei.

Gib mir deine Liebe in mein Herz, Gott.
Gib mir Liebe für dich und die Menschen um mich herum.
Gib mir die Liebe für alle, die mich ärgern.

Herr, hilf mir, dich an die erste Stelle in meinem Leben zu setzen.

Herr Jesus, mache mich dankbar für die Geschenke, die du mir gibst, und laß mich sie mit denen teilen, die in Not sind.

Du liebst jedermann. Ich möchte es auch.
Du enttäuschst nie. Hilf mir, meine Mitmenschen nicht zu enttäuschen.
Du bist immer hilfsbereit. Mache mich auch hilfsbereit.
Ich möchte dir ähnlicher werden in allem, was ich sage oder tue.

Ewiger Gott, wer dich kennt, braucht keine Angst zu haben.
Wer dich liebt, hat Freude im Herzen.
Wer dir dient, dem gibst du viel Kraft zum Durchhalten.
Schenke es mir, daß ich dich ganz lieben kann, damit ich dir diene.
Segne du mich.

Wenn wir viel zu tun haben

Macht euch an die Arbeit! Denn ich bin bei euch, Wort des Herrn.
Haggai 2,4

Wenn ich eine Arbeit erledigt habe,
erfüllt mich Freude.
Ich danke dir für diese Freude.
Manchmal muß ich meine Schulaufgaben
nicht allein erledigen. Dann freue ich mich.
Für diese Gelegenheiten danke ich dir.

Herr, laß mich nicht nur für etwas beten,
laß mich auch dafür arbeiten.
Thomas Morus (1478–1535)

Sei mein Führer, Jesus,
damit ich auf meinem Weg nicht hinfalle.
Sei meine Kraft, lieber Herr,
damit ich alle meine Aufgaben erfüllen kann.

Vater, hilf mir, die täglichen Aufgaben gern zu tun: zu Hause, wenn ich meine Spielsachen aufräume oder Geschirr spüle; in der Schule, wenn ich Bücher verteile und das Klassenzimmer aufräume. Laß mich alles fröhlich und gut erledigen, weil ich dich liebe.

Gott, segne meine Hände heute.
Laß alles, was sie tun, gelingen.
Benutze meine beiden Hände,
damit sie dir dienen.

Lehre mich, mein Herr und König,
in allen Dingen dich zu sehen
und alles, was ich tue,
für dich zu tun.
George Herbert (1539–1633)

Wir bitten dich

Als Jesus die vielen Menschen sah,
hatte er Mitleid mit ihnen.
Markus 6,34

Wir bitten dich:
für die Väter, die keine Arbeit haben,
für die Mütter, die müde sind.
Hilf ihnen, sei ihnen nah.
Für die Kinder, die krank und behindert sind,
für alle, die niemand liebhat.
Schenk ihnen einen Freund.
Wir bitten dich, Vater, hör unser Gebet.

Gott, du kennst deine Welt
und alle Menschen, die in ihr leben.
Wir bitten dich für die Mädchen und Jungen,
die noch nie von dir gehört haben.
Schick ihnen einen Menschen,
der ihnen zeigt,
daß du sie liebhast.

Laß das Böse geringer werden
und Gutes um so kräftiger sein.
Laß Traurigkeit schwinden
und Freude um sich greifen.
Laß Mißverständnisse aufhören
und Enttäuschte Mut gewinnen.
Laß Kranke Trost finden
und Sterbende deine Erbarmung.
Laß Frieden unter den Menschen sein,
im Herzen und rund um die Welt.

Herr, sieh die Kinder, die krank sind,
sieh alle, die heute weinen,
sieh alle, die heute zornig sind,
sieh alle, die davonlaufen wollen,
sieh alle, die nicht weiterwissen.
Laß sie merken, daß du da bist.
Laß sie nicht allein.

Wir preisen dich, Gott

Kommt, laßt uns jubeln vor dem Herrn.
Psalm 95, 1

Ehre sei Gott in der Höhe
und Friede auf Erden
den Menschen seiner Gnade.
Wir loben dich,
wir preisen dich,
wir beten dich an,
wir rühmen dich und danken dir,
denn groß ist deine Herrlichkeit.

Lobt Gott, Milchstraßen, Sterne und Monde,
lobt Gott, Jupiter und Mars.
Lobt Gott, Mondfahrzeuge und Raketen,
Telstar, Sputnik und Apollokapseln!
Lobt Gott, ihr Menschen alle,
macht euch die Erde untertan!
Lobt Gott, Atomforscher und Ärzte,
lobt ihn, Facharbeiter und Ingenieure,
lobt Gott, ihr Schüler und Lehrer.
Lobt ihn mit Schlagzeug und Gitarren,
mit Fernsehen, Schallplatten und Radio!
Alle Menschen sollen Gott loben,
denn er ist groß und gut.

Ernesto Cardenal

Ich preise dich, Gott! Dir sing ich mein Lied.
Du bist groß, und du liebst, du schützt und du gibst,
läßt die Sonne uns scheinen, siehst die Großen und Kleinen.
Ich preise dich, Gott, dir sing ich mein Lied.

Unser Schulalltag

Tut eure Arbeit gern.
Kolosserbrief 3,26

Gott, du weißt, daß ich nicht immer gern zur Schule gehe. Manchmal möchte ich lieber spielen.
Manchmal verstehe ich nicht alles. Schenk mir Freude am Lernen.

In meiner Klasse sind auch fremde Kinder. Manchmal sind sie anders als wir. Manchmal machen sie Fehler; dann werden sie ausgelacht. Manchmal wissen sie mehr als die anderen; dann werden wir neidisch. Hilf uns, daß wir Freunde werden.

Heute ist alles schiefgelaufen. Ich hatte nicht gelernt – ich wurde gefragt. Ich habe herumgealbert, und der Lehrer hat es gemerkt. Und in der Pause bekam ich Streit mit meinem Freund. Heute ist alles schiefgelaufen. Morgen will ich es besser machen.
Hilfst du mir dabei?

Je mehr ich lerne, desto weniger weiß ich. Wenn ich die anderen reden höre, dann komme ich mir sehr dumm vor. Gib du mir Kraft, mich zu konzentrieren. Halte Ablenkung von mir fern. Ich möchte gute Arbeit leisten. Hilf du mir dazu.

Danke für die Lehrer, die du uns gibst.
Schenk ihnen Geduld, wenn wir nicht gleich verstehen.
Schenk ihnen Geduld, wenn wir den Unterricht stören.
Schenk ihnen Freude an ihrer Arbeit.

Ich schreibe gern eine gute Arbeit. Ich freue mich, wenn mein Diktat ohne Fehler ist, wenn die Rechenaufgaben stimmen, wenn man mich lobt. Ich freue mich, wenn ich etwas begreife und anderen helfen kann. Danke, Gott.

In allen meinen Taten
laß ich von dir mir raten,
der alles kann und hat;
du mußt zu allen Dingen,
soll es mir gut gelingen,
mir selber geben Rat und Tat.

Nach Paul Fleming

Wenn es regnet und stürmt

Gott spendet der Erde Regen, er läßt den Wind wehen.
Psalm 147,8.18

Es regnet heute den ganzen Tag. Den Regen schenkst du.
Die Tropfen klopfen an das Fenster.
Die Erde war trocken, nun wird alles wieder grün.
Wir brauchen Wasser zum Trinken.
Danke, daß du uns Regen gibst.

Vor Dauerregen und Ungewitter,
vor Langeweile und Streitsüchtigkeit,
vor Leichtsinn und Waghalsigkeit,
vor Einfällen und Streichen, die unseren Nächsten schaden,
bewahre uns, o Herr.

Der Wind bläst um die Häuser,
Papier flattert hoch und Laub.
Der Wind bläst durch die Kleider,
ich spüre ihn gern.
Die Haare flattern.
Danke für den Spaß,
den wir haben,
wenn der Wind weht.

Danke, Gott, für den Regen
und für den farbigen Regenbogen,
und danke dafür,
daß du uns Kinder in den Pfützen plantschen läßt.

Gebet eines Kindes

Gott, wir bitten dich für alle, die bei diesem Unwetter unterwegs sind: für die Autofahrer auf den nassen Straßen, für die Fischer und die Matrosen auf dem Meer, für die Piloten, die ihr Flugzeug durch das Gewitter steuern.

Lieber Gott, sei gut zu mir; das Meer ist so weit und mein Boot ist so klein!

Gebet eines Fischers aus der Bretagne

Gepriesen seist du, Herr, für den Wind und den Regen,
für die Wolken, den Tau und die Luft,
für den Regenbogen hoch am Himmel,
er ist schön und gut und hell.
Das alles erzählt von der Liebe unseres Herrn,
seine Liebe ist überall.

Wir danken dir

Dankt dem Herrn, denn er ist gütig.
Psalm 106, 1

Danke, Gott, für diesen sonnigen Morgen,
er macht mich glücklich.

Gebet eines Kindes

Lieber Gott, ich bin glücklich, daß ich mich im Gebet vor dir verneigen kann. Ich danke dir von Herzen. Danke für die Kleider, die wir tragen; danke für alles, was du uns schenkst, und auch dafür, daß du unsere Sünden vergibst. Wie du am Kreuz für uns gestorben bist, so bleibe bei uns, für immer.

Gebet eines Mädchens aus dem Stamm der Navajo-Indianer

Gott,
wir danken dir für die Sonne und das Licht,
für die Blumen und die Vögel.
Wir danken dir für die Eltern
und für unsere Freunde,
für alle Menschen, die unsere Brüder sind.
Wir danken dir für deinen Sohn Jesus Christus,
der uns gezeigt hat, wie du bist.
Mit allen, die dich lieben,
singen wir dir unseren Dank.

Lieber Gott, wir danken dir dafür, daß du uns liebst. Du sorgst für uns jeden Tag unseres Lebens. Laß uns deine Liebe nicht vergessen, und hilf uns, daß auch wir dich lieben.

Danke, für diesen guten Morgen;
danke, für jeden neuen Tag;
danke, daß ich all meine Sorgen
auf dich werfen mag.

Menschen bei der Arbeit

Arbeitet freudig, als dientet ihr dem Herrn.
Epheserbrief 6, 7

Guter Gott, behüte alle Menschen, die heute arbeiten: die Busfahrer und Lokführer, die andere zu ihren Arbeitsplätzen bringen.
Behüte die Männer, die in Bergwerken und Steinbrüchen arbeiten.
Behüte alle, die in Fabrikhallen arbeiten.
Behüte die Landwirte, die ihr Vieh versorgen und das Korn ernten.
Behüte die Fernfahrer, die Obst, Milch, Gemüse und Blumen
in die großen Städte bringen.
Behüte alle, die in den Läden und Supermärkten arbeiten.
Segne alle, die arbeiten, damit wir zu essen haben.

Wir bitten dich, vergiß die Frauen und Männer nicht, die keine Arbeit haben. Laß sie nicht mutlos werden. Schenk ihnen Freunde, die zu ihnen stehen. Laß sie nicht in Not geraten. Und laß sie bald wieder Arbeit finden.

Wie gut das frische Brot schmeckt! Vati sagt,
das Brot wächst durch die Arbeit der Menschen.
Laß mich stark werden, lieber Gott,
damit ich gut arbeiten kann. Dann wird auch
durch meine Arbeit Brot wachsen.

Ich schlafe in der Nacht; doch viele Menschen arbeiten:
die Polizisten und die Feuerwehrmänner,
die Lokführer, Fernfahrer und Piloten,
die Ärzte und die Krankenschwestern.
Segne sie, Gott; sei ihnen nah.

Lieber Gott, wir bitten dich für die Arbeiter in der ganzen Welt:
für die Viehzüchter und die Landwirte,
für die Arbeiter im Bergwerk und in den Fabriken,
für die Händler und die Transporteure,
für die Mütter und die Frauen im Büro,
für die Schwestern und die Ärzte,
für alle, die eine gefährliche Arbeit haben,
für alle, die immer dasselbe tun müssen.
Lieber Gott, wir bitten dich für die Arbeiter in der ganzen Welt.

Die Bibel, dein Wort

Dein Wort ist meinem Fuß eine Leuchte,
ein Licht für meine Pfade.
Psalm 119, 105

Gott, du sprichst zu uns durch deine Bibel. Die leichten Erzählungen verstehe ich gut. Doch manchmal muß ich fragen, manchmal verstehe ich nicht, was du uns sagen willst. Laß mich immer mehr begreifen, und schenk mir Menschen, die mir dein Wort erklären.

Du hast zu uns gesprochen, Gott; du hast uns die Bibel geschenkt. Sonst wüßten wir nicht, wie du bist; wir wüßten nicht, daß du uns liebst. Wir wüßten nichts von dem Bund, den du mit deinen Menschen geschlossen hast; auch mit mir. Wir wüßten nicht, daß du den Menschen ein Freund sein willst. Ich danke dir dafür, daß ich zu deinen Freunden gehöre. Ich will dir die Freundschaft halten. Laß mich nie vergessen, daß du mein Gott bist.

Danke, daß ich dein Wort verstehe,
danke, daß deinen Geist du gibst,
danke, daß in der Fern und Nähe
du die Menschen liebst.

Herr, ich habe eine eigene Bibel,
ich habe eine ruhige Ecke,
ich habe eine ruhige Stunde,
und da bin ich.
Öffne meine Augen; laß mich verstehen;
öffne mein Herz – und sprich.

Herr, du hast Menschen zu deinen Mitarbeitern gemacht,
damit sie dein Wort weitersagen bis in die fernsten Länder.
Alle sollen ja erfahren, daß du gut bist.
Ich will dein Wort hören, ich will behalten, was du sagst,
ich will meinen Freunden von dir erzählen.

Am Abend

In Frieden leg ich mich nieder und schlafe ein;
denn du allein, Herr, läßt mich sorglos ruhen.
Psalm 4,9

Müde bin ich, geh zur Ruh,
schließe beide Augen zu:
Vater, laß die Augen dein
über meinem Bette sein.

Alle, die mir sind verwandt,
Gott, laß ruhn in deiner Hand;
alle Menschen, groß und klein,
sollen dir befohlen sein.
Luise Hensel

Wir danken dir, unser himmlischer Vater, durch Jesus Christus, deinen lieben Sohn, daß du uns diesen Tag gnädiglich behütet hast, und bitten dich, du wollest uns vergeben alle unsere Sünden, wo wir Unrecht getan haben, und uns diese Nacht auch gnädiglich behüten. Denn wir befehlen uns, unseren Leib und unsere Seele und alles in deine Hände. Dein heiliger Engel sei mit uns, daß der böse Feind keine Macht an uns finde.
Martin Luther (1483–1546)

Gott, mein Behüter,
bleibe immer bei mir.
Morgens und abends,
am Tage und bei Nacht
sei du allzeit mein Helfer.
Gebet aus Polen

Hinunter ist der Sonne Schein,
die finstre Nacht bricht stark herein;
leucht uns, Herr Christ, du wahres Licht,
laß uns im Finstern tappen nicht!

Nikolaus Hermann

Der laute Tag ist vorbei;
Vater, segne uns alle.
Bring uns gefahrlos durch die Nacht,
laß uns morgen fröhlich aufwachen.

Vater im Himmel, ich bitte dich für alle Menschen, die heute nacht nicht schlafen können. Ich bitte dich für die Kranken, hilf denen, die leiden. Ich bitte dich für die Kinder, die heute nacht geboren werden, und für die Menschen, die heute nacht sterben müssen. Vergib allen, die Böses getan haben, und schenk allen Traurigen deinen Frieden.

Gott, ich denke darüber nach,
was ich heute nicht gut gemacht habe . . .
Ich denke darüber nach,
wie ich es morgen besser machen könnte . . .
Ich denke darüber nach, was dich freut . . .

Herr Jesus Christus, du hast die Kinder, die zu dir kamen, in deine Arme genommen. Nimm mein Gebet an, das Gebet deines Kindes. Beschütze mich im Schatten deiner Flügel, damit ich mich ruhig hinlegen und schlafen kann; und laß mich rechtzeitig aufwachen, damit ich dich loben kann; denn du allein bist gerecht und barmherzig.

Gebet der Ostkirche

Gebete für besondere Anlässe

Weihnachten

Freudige Nachricht für alle: Heute ist uns der Retter geboren!
Lukas 2, 10–11

Sei uns willkommen, Herre Christ,
der du unser aller Herre bist.
Sei willkommen, lieber Herre,
hier auf Erden recht mit Ehren.

Wir danken dir, daß du uns soviel Schönes
schenkst in der Weihnachtszeit:
für den Spaß, wenn wir die Geschenke öffnen,
für die Weihnachtsbäume und die glitzernden Kerzen,
für die Spiele, für das gute Essen, für die Süßigkeiten –
danke, Gott.
Wir danken dir, daß du alle Menschen glücklich machen willst
in der Weihnachtszeit:
dafür, daß du uns Jesus geschenkt hast;
dafür, daß er als Kind geboren wurde;
dafür, daß wir seinen Geburtstag feiern können –
danke, Gott.

Ich steh an deiner Krippe hier,
o Jesu, du mein Leben;
ich komme, bring und schenke dir,
was du mir hast gegeben.
Nimm hin, es ist mein Geist und Sinn,
Herz, Seel und Mut, nimm alles hin
und laß dir's wohlgefallen.

Lieber Herr Jesus, heute denken wir an deine Geburt in Betlehem. Seitdem du geboren bist, wissen wir, wie wichtig der Frieden ist. Wir wollen anfangen, deinen Willen zu tun. Wie gut, daß du durch deine Geburt für alle auf dieser Erde da bist. Darüber freue ich mich.

Jesus, wir kommen, um dich in der Krippe zu besuchen. Wir möchten dich so liebhaben, wie Maria, deine Mutter, dich geliebt hat. Wir möchten so für dich sorgen, wie Josef für dich gesorgt hat. Wir möchten dir so singen, wie die Engel dir gesungen haben.

Ostern

Jesus wurde wegen unserer Verfehlungen dem Tod ausgeliefert, aber er wurde auferweckt wegen unserer Gerechtmachung.
Römerbrief 4,25

Wir danken dir, Herr Jesus Christ,
daß du vom Tod erstanden bist.
Du hast zerstört des Todes Macht
und uns das Leben neu gebracht.
Volksgut

Jesus, du lebst!
Nicht so wie damals, als du mit deinen Freunden durch Galiläa gezogen bist. Damals konnten nur die Leute mit dir sprechen, die dir begegnet sind – heute kann jeder mit dir sprechen.

Ich spreche mit dir, und du bist bei mir; überall auf der Welt sprechen Freunde mit dir; jetzt, in diesem Augenblick, und du bist bei ihnen.

Das ist es, was ich an dir so mag – du bist lebendig da für jeden Menschen.
Gebet aus Holland

Leucht, Herr Christ, du Osterlicht,
in die Finsternis der Erden!
Gib der Welt ein neu Gesicht!
Neu laß auch mich selber werden!
Arno Pötzsch

Gott, unser Vater, wir preisen dich heute am Osterfest;
denn du hast Jesus, deinen Sohn, aus dem Grab gerufen.
Du hast ihm das Leben neu geschenkt.
Seitdem braucht keiner mehr Angst zu haben;
denn Jesus lebt, bei dir und mit uns. Halleluja!

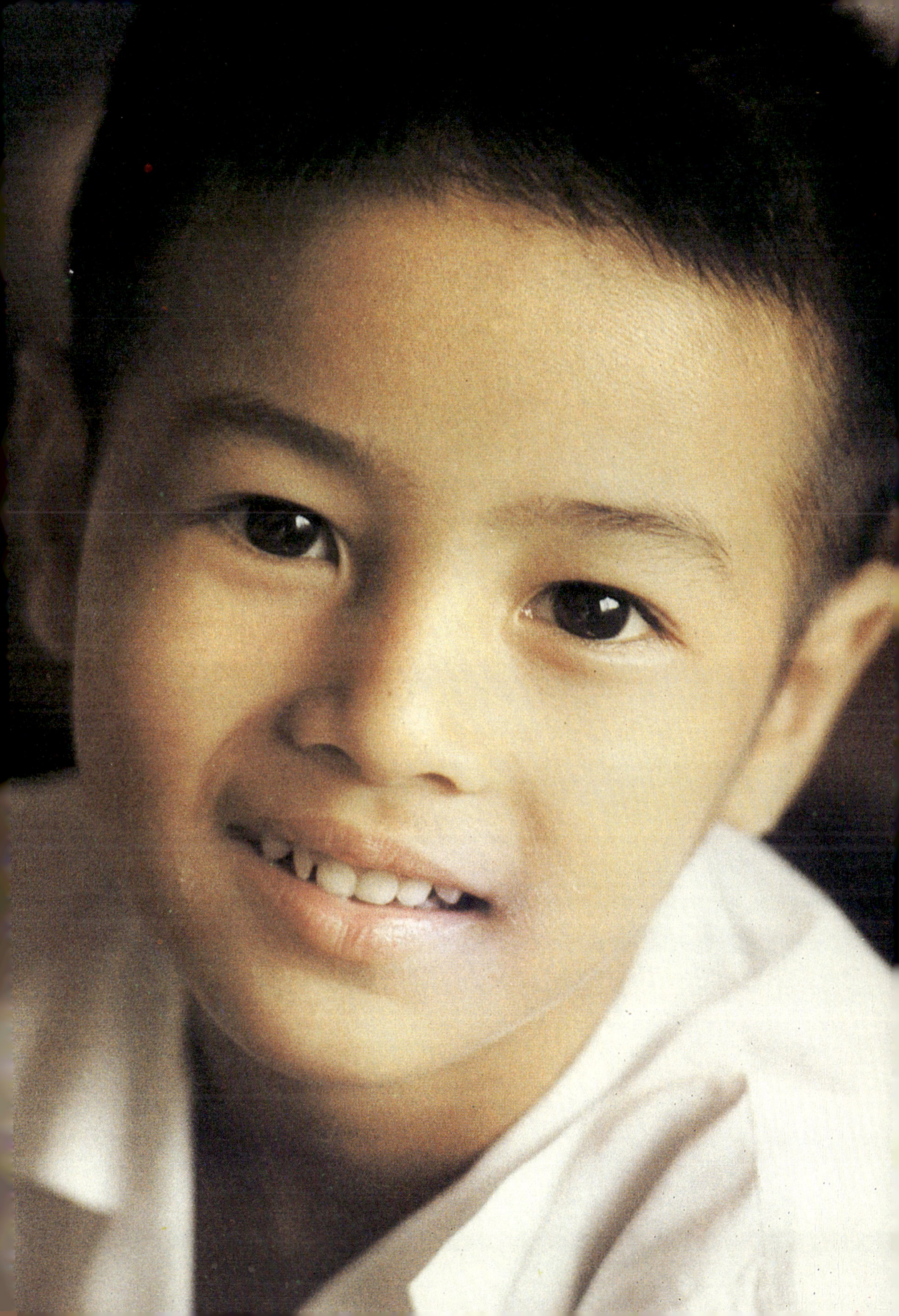

Pfingsten

Gott sandte den Geist seines Sohnes in unsere Herzen.
Galaterbrief 4, 6

O komm, du Geist der Wahrheit,
und kehre bei uns ein,
verbreite Licht und Klarheit,
verbanne Trug und Schein.
Gieß aus dein heilig Feuer,
rühr Herz und Lippen an,
daß jeglicher getreuer,
den Herrn bekennen kann.
Philipp Spitta

Wir danken dir, Vater im Himmel,
daß du uns Jesu Geist geschenkt hast.
Wir können sehen wie Jesus.
Wir können teilen wie Jesus.
Wir können lieben wie Jesus.
Danke für den Geist Jesu.

Weck die tote Christenheit
aus dem Schlaf der Sicherheit;
mache deinen Ruhm bekannt
überall im ganzen Land.
Erbarm dich, Herr.
Christian Gottlob Barth

Geist des Schöpfers, schaff mich neu.
Geist der Liebe, mach mich treu.
Geist der Wahrheit, halt fern Lüge und Heuchelei.
Geist der Wahrheit, mach mich klug.
Geist der Stärke, gib mir Kraft.
Geist des Lichtes, mach hell die Nacht.
Geist, der alles belebt und bewegt.
Geist des Friedens, erneure die Welt!

Erntezeit und Erntedank

Jede gute Gabe und jedes vollkommene Geschenk
kommt von oben, vom Vater.
Jakobusbrief 1, 17

Du hast, o Gott, des Jahres Lauf
gekrönt in deiner Macht;
der Felder Samen gingen auf,
es glänzt der Erde Pracht.
Du hast das ganze Land erfreut,
du ließt den Regen fließen,
daß aus der dunklen Erd erneut
die Halme konnten sprießen.
Nun wogt das reife Korn im Tal,
nun gibt es keine Not;
nun jauchzt und singt man überall,
denn du gabst uns das Brot.

Nach Psalm 64,10–14; Elisabeth Gräfin Vitzthum

Gesegnet seist du, Herr, unser Gott, Allherrscher, der du das Brot aus der Erde hervorbringst.

Jüdischer Segen

Wie gut schmeckt das Brot, wenn man es iß
Gott, segne Gerste und Weizen;
wie schön ist es, die frische Luft zu atmen –
Gott, segne den Sonnenschein;
wie schön ist es, die Welt kennenzulernen –
Gott, segne die Leute, die kommen und gehen!
Wie schön ist es, sich am Leben zu freuen –
Geber des Lebens, sei du dafür gesegnet!

Gebet aus England

Wir pflügen und wir streuen
den Samen auf das Land,
doch Wachstum und Gedeihen
steht in des Himmels Hand.

Was nah ist und was ferne,
von Gott kommt alles her,
der Strohhalm und die Sterne,
das Sandkorn und das Meer.

Alle gute Gabe kommt her von Gott, dem Herrn, drum dankt ihm,
dankt, drum dankt ihm, dankt und hofft auf ihn!

Matthias Claudius (1740–1815)

Sonntag

Dies ist der Tag, den der Herr gemacht hat;
wir wollen jubeln und uns an ihm freuen.
Psalm 118, 24

Ich bin fröhlich, Halleluja, wenn ich mich auf den Weg mache, der zum Haus des Herrn führt. Herr, sei mein Licht auf den Wegen, die ich gehe.

Gott und Vater aller Kinder, wir freuen uns, daß wir dir dienen und dich loben können, zusammen mit allen Christen in den anderen Ländern. Laß die Kinder, die dir in einer anderen Sprache ihre Lieder singen, erfahren, daß sie zu der einen großen Familie gehören, die dich liebt.

Lieber Gott, heute ist Sonntag, dein Tag. Ich bin in die Kirche gekommen. Ich möchte erfahren, wie du bist; hören, was dein Sohn Jesus Christus gesagt und getan hat. Mach mir die Ohren auf, daß ich recht höre; mach mein Herz auf, daß ich viel verstehe. Laß mich und die anderen Kinder spüren, daß du uns liebst.

Ich danke dir dafür,
daß du den Sonntag gemacht hast.
Ich danke dir dafür,
daß ich heute nicht zur Schule gehen muß.
Ich danke dir für die freie Zeit zum Spielen.
Ich danke dir, Gott, für deinen Tag,
den besten Tag in der Woche.

Sende dein Licht und deine Wahrheit, daß sie mich leiten zu deiner Klarheit und ich dir danke, daß du mir hilfst.

Sieben Tage, nicht nur an einem von sieben,
will ich dich preisen; zwar nicht im Himmel,
aber in meinem Herzen
kann ich dich verherrlichen.
George Herbert (1593–1632)

Geburtstage

So spricht der Herr: »Ich habe dich beim Namen gerufen, du bist mein.«
Jesaja 43, 1

Lieber Gott, heute ist mein Geburtstag.
Ich danke dir dafür, daß du vom Tag meiner Geburt an
für mich gesorgt und mich geliebt hast.
Hilf mir, daß ich stark und gesund werde
und daß ich meine Nächsten liebe, so wie Jesus sie geliebt hat.

Gebet aus Japan

Du hast mir soviel gegeben;
gib mir noch eins: ein dankbares Herz.

George Herbert (1593–1632)

Bis hierher hast du mich gebracht
durch deine große Güte,
bis hierher hast du Tag und Nacht
bewahrt Herz und Gemüte.
Bis hierher hast du mich geleit!
Bis hierher hast du mich erfreut.
Bis hierher mir geholfen.

Mein Vater, du hast mich beschützt im vergangenen Jahr,
und jetzt hast du mir den Geburtstag geschenkt.
Ich danke dir für all deine Güte und Freundlichkeit.
Du hast mir liebende Eltern gegeben,
eine Wohnung, Geschenke und Kleider.
Ich danke dir, Gott.
Hilf mir, daß ich in meinem neuen Lebensjahr
ein besseres Kind werde,
laß mich stärker werden, gut lernen und zufrieden arbeiten.

Gebet aus Indien

Tischgebete

Dann nahm Jesus die Brote, sprach das Dankgebet
und teilte sie den Leuten aus.
Johannes 6,11

Jedesmal, wenn wir essen,
wollen wir an die Liebe Gottes denken.

Ich kann nicht mehr weiter essen. Es hat so gut geschmeckt – dieses Fleisch und der Pudding. Wir alle sind satt geworden. Du bist gut, lieber Gott, du gibst uns so gute Sachen.

Im Fernsehen habe ich Kinder gesehen, die hatten einen dicken Bauch, weil sie nichts zu essen hatten. Hilf ihnen, lieber Gott, und zeig den Regierungen, wie sie das Korn und den Reis verteilen können, damit keiner mehr hungert.

Jedes Tier, das hat sein Essen,
jede Blume trinkt von dir,
hast auch uns noch nicht vergessen,
lieber Gott, wir danken dir.
Volksgut

Alle guten Gaben,
alles, was wir haben,
kommt, o Gott, von dir:
Dank sei dir dafür.

Wir danken dir, o treuer Gott,
daß du uns gibst das täglich Brot.
Laß uns in dem, was du uns gibst,
erkennen, Herr, daß du uns liebst.

Komm, Herr Jesus, sei unser Gast
und segne, was du uns bescheret hast.

Es gibt Menschen, die haben Speise und können nicht essen, andere haben nichts, was sie essen könnten; wir aber haben Speise, wir können essen – und dem Herrn dafür danken.
Robert Burns (1759–1796)

O Gott, von dem wir alles haben,
wir preisen dich für deine Gaben.
Du speisest uns, weil du uns liebst,
nun segne auch, was du uns gibst.
Volksgut

Gebete um Gottes Segen

Jesus nahm die Kinder in seine Arme,
dann legte er ihnen die Hände auf und segnete sie.
Markus 10,16

Gott, sei uns gnädig und segne uns; gib uns die Gnade, deinen Willen zu erkennen, und die Kraft, ihn zu tun.

Der Herr segne uns und behüte uns. Er lasse sein Angesicht über uns leuchten und sei uns gnädig. Er schaue auf uns und schenke uns seinen Frieden.
Numeri 6,24–25

Ich bitte dich, Herr Jesus, sei mir nahe, bleibe für immer bei mir und hab mich lieb.
Segne alle guten Kinder in deiner zärtlichen Sorge, und bereite uns für den Himmel, damit wir dort mit dir leben.
Martin Luther (1483–1546)

Es segne mich der Vater, der mich erschaffen hat; es behüte mich der Sohn, der für mich am Kreuz gelitten hat; es erleuchte mich der Heilige Geist, der in mir lebt und wirkt.

Die Gnade des Herrn Jesus Christus, die Liebe Gottes und die Gemeinschaft des Heiligen Geistes sei mit euch allen.
2. Korintherbrief 13,13

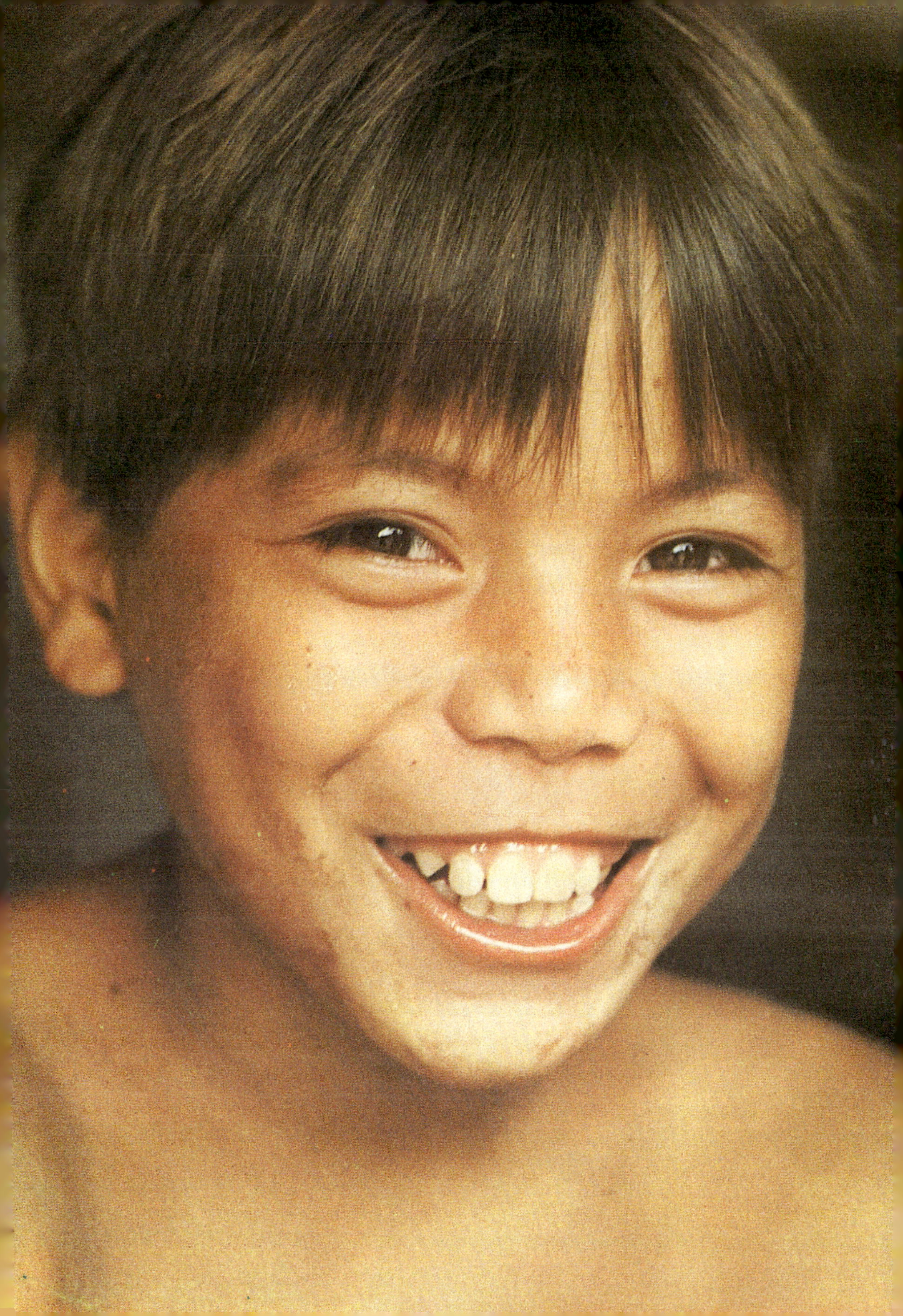

Gebete Jesu

Wir sollen allzeit beten und darin nicht nachlassen.
Lukas 18,1

Vater unser im Himmel,
geheiligt werde dein Name.
Dein Reich komme.
Dein Wille geschehe,
wie im Himmel so auf Erden.
Unser tägliches Brot gib uns heute.
Und vergib uns unsere Schuld,
wie auch wir vergeben
unsern Schuldigern.
Und führe uns nicht in Versuchung,
sondern erlöse uns von dem Bösen.
Denn dein ist das Reich
und die Kraft und die Herrlichkeit
in Ewigkeit.

Vater,
dein Name werde geheiligt.
Dein Reich komme.
Gib uns täglich das Brot, das wir brauchen.
Und erlaß uns unsere Sünden:
denn auch wir erlassen jedem, was er uns schuldig ist.
Und führe uns nicht in Versuchung.
Lukas 11,2–4

Vater, ich danke dir, daß du mich erhörst.
Ich weiß, daß du mich erhörst.
Johannes 11,41–42

Ich bitte für . . . die Menschen, die du mir gegeben hast. Heiliger Vater! Bewahre sie durch deinen Namen, den du mir gegeben hast, damit sie eins sind wie wir.
Johannes 17,9.11

Jetzt ist meine Seele erschüttert. Was soll ich sagen? Soll ich sagen: »Vater, rette mich aus dieser Stunde«? Aber deshalb bin ich in die Stunde des Leidens gekommen. Vater, verherrliche deinen Namen!
Johannes 12,27–28

Vater, vergib ihnen!
Denn sie wissen nicht, was sie tun.
Lukas 23,34

Themenverzeichnis

Verzeichnis der Satzanfänge

Quellennachweis

Alle Bibelstellen sind der Einheitsübersetzung der Heiligen Schrift, Kath. Bibelanstalt Stuttgart, entnommen.

Seite

9 »Lieber Gott, da bin ich!« aus »Antennen«, Bernward Verlag GmbH, Hildesheim / Verlag Butzon & Bercker, Kevelaer;

10 »Lieber Gott, ich bitte dich« aus »Antennen«, Bernward Verlag GmbH, Hildesheim / Verlag Butzon & Bercker, Kevelaer;

10 »Geborgenheit« aus »Jugend mit Gott« von Alfonso Pereira, Verlag Butzon & Bercker, Kevelaer;

11 »Meine Eltern habe ich lieb« von Karin Block aus »Ich falte die Hände«, Sonnenweg-Verlag, Neuffen;

11. »Meine Eltern haben mich lieb« von Alfred Müller-Felsenburg und E. Haller, Benziger Verlag, Einsiedeln/Zürich/Köln / Chr. Kaiser Verlag, München;

14 »Ich denke nach« aus »Kinder feiern Jesus«, Verlag Butzon & Bercker, Kevelaer / Bernward Verlag GmbH, Hildesheim;

15 »Vergib uns, Herr« aus »Antennen«, Bernward Verlag GmbH, Hildesheim / Verlag Butzon & Bercker, Kevelaer;

15 »Herr, du kennst uns«, Gebet aus Afrika, aus »Antennen«, Bernward Verlag GmbH, Hildesheim / Verlag Butzon & Bercker, Kevelaer;

19 »Herr, du kennst mich« von Johann Michael Sailer, aus »Antennen«, Bernward Verlag GmbH, Hildesheim/ Verlag Butzon & Bercker, Kevelaer;

21 »Wenn ich traurig bin«, nach Psalm 121, aus »Wir Kinder . . .« von Günter Riediger, Verlag Butzon & Bercker, Kevelaer;

21 »Großer Gott . . .« aus »Gebetbuch für Kinder« von Marielene Leist, Verlag Herder Freiburg – Basel – Wien, 12.A/1977;

25 »Ich will Gott loben«, nach Psalm 146, aus »Gotteslob in der Schule – Gebete und Lieder für die Grundschule«, Neukirchener Verlag des Erziehungsvereins GmbH, Neukirchen-Vluyn;

25 »Du hast kein Fahrrad« aus »Lieber Gott«, Verlag Butzon & Bercker, Kevelaer;

27 »Danke für deine Welt« aus »Jugend mit Gott« von Alfonso Pereira, Verlag Butzon & Bercker, Kevelaer;

29 »Wir sind eine Familie« aus »Gut, daß du da bist« von Detlev Block, Verlag Ernst Kaufmann, Lahr und Benziger Verlag, Einsiedeln/Zürich/Köln, 1974;

30 »Ich werfe meine Sorgen« von Rudolf Alexander Schröder, aus »Die geistlichen Gedichte«, Suhrkamp Verlag, Frankfurt am Main;

34 »Gott, ich danke dir« aus »Antennen«, Bernward Verlag GmbH, Hildesheim / Verlag Butzon & Bercker, Kevelaer;

35 »O Herr, ich danke dir« von Ruthild Eicker, aus »Sing' mit uns ein neues Lied«, Turmberg-Verlag, Wetzlar;

37 »Kleiner Mund . . .«, Verfasser unbekannt, aus »Kinderlob«, Verlag Merseburger Berlin GmbH, Kassel;

38 »Wir bleiben zu Hause« aus »Antennen«, Bernward Verlag GmbH, Hildesheim / Verlag Butzon & Bercker, Kevelaer;

55 »Laß das Böse . . .« aus »Jugend mit Gott« von Alfonso Pereira, Verlag Butzon & Bercker, Kevelaer;

57 »Lobt Gott . . .« aus »Psalmen« von Ernesto Cardenal, Jugenddienst-Verlag, Wuppertal, 8.A./1977;

58 »Je mehr ich lerne« aus »Jugend mit Gott« von Alfonso Pereira, Verlag Butzon & Bercker, Kevelaer;

63 »Danke, für diesen . . .« aus »Danke« von Martin G. Schneider, Gustav Bosse Verlag KG, Regensburg;

66 »Danke, daß ich . . .« aus »Danke« von Martin G. Schneider, Gustav Bosse Verlag KG, Regensburg;

73 »Lieber Herr Jesus« aus »Gut, daß du da bist« von Detlev Block, Verlag Ernst Kaufmann, Lahr und Benziger Verlag, Einsiedeln/Zürich/Köln, 1974;

74 »Leucht, Herr Christ« von Arno Pötzsch, aus »Von Gottes Zeit und Ewigkeit«, Herbert Reich, Evang. Verlag, Hamburg-Bergstedt, 4.A./1958;

76 »Wir können sehen« aus »Kinder feiern Jesus«, Verlag Butzon & Bercker, Kevelaer/Bernward Verlag GmbH, Hildesheim;

77 »Geist des Schöpfers« aus »Jugend mit Gott« von Alfonso Pereira, Verlag Butzon & Bercker, Kevelaer;

78 »Du hast, o Gott« von Elisabeth Gräfin Vitzthum, aus »Kinder-Psalmen«, Kösel-Verlag GmbH & Co., München;

81 »Ich bin fröhlich« aus »Kinder feiern Jesus«; Verlag Butzon & Bercker, Kevelaer / Bernward Verlag GmbH, Hildesheim.